GW00729099

Dello stesso Autore
presso le nostre edizioni:

Il fuggiasco
La verità dell'Alligatore
Il mistero di Mangiabarche
Le irregolari
Nessuna cortesia all'uscita
Il corriere colombiano
Arrivederci amore, ciao
Il maestro di nodi
L'oscura immensità della morte
Niente, più niente al mondo
Nordest (con Marco Videtta)
La terra della mia anima
Cristiani di Allah
Perdas de Fogu (con i Mama Sabot)
L'amore del bandito
Alla fine di un giorno noioso
Il mondo non mi deve nulla

Massimo Carlotto

LA VIA DEL PEPE

FINTA FIABA AFRICANA
PER EUROPEI BENPENSANTI

ILLUSTRAZIONI DI
Alessandro Sanna

edizioni e/o

Edizioni e/o
Via Camozzi, 1
00195 Roma
info@edizionieo.it
www.edizionieo.it

Copyright © 2014 by Edizioni e/o

Grafica/Emanuele Ragnisco
www.mekkanografici.com

Illustrazioni di Alessandro Sanna

ISBN 978-88-6632-557-4

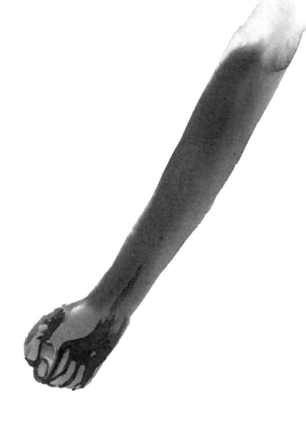

LA VIA DEL PEPE

FINTA FIABA AFRICANA
PER EUROPEI BENPENSANTI

In cielo non c'era una nuvola. Nemmeno una.
La mano di Dio le aveva allontanate con un gesto
delicato perché l'azzurro più intenso splendesse
sulla traversata del peschereccio Firouz.

Il mare era immobile e così trasparente che si
potevano contare le conchiglie sul fondo di sabbia dorata. Migliaia di sardine avvolgevano lo
scafo, i raggi del sole si divertivano a inventare
giochi di luce sulle loro pance argentate mentre
i pesci ridevano di quel vecchio peschereccio.

A bordo tutti stavano in silenzio, perfino il bimbo nato a poppa qualche ora prima. L'unico rumore era quello affaticato dei pistoni ma nessuno lo ascoltava più. Gli occhi erano puntati verso l'orizzonte, in attesa di scorgere un puntino e di gridare sollevati:

«Lampedusa!!!».

E abbracciarsi come solo i naufraghi sanno fare. Felici e commossi, pronti a dimenticare, per un attimo, le offese della vita.

Anche il mafioso libico che era al timone di quella carretta scrutava il mare, attento a non perdere la rotta e a scorgere in tempo le navi della Marina militare italiana. Non aveva dubbi che i radar avessero già rilevato la loro posizione ma contava sul fatto che le vedette non sempre uscivano dal porto. Quel giorno non si erano visti nemmeno gli elicotteri. Il comandante pensò che forse sarebbe riuscito a scaricare la "merce" senza problemi e non troppo lontano dalla riva, perché i "negri" dell'interno raramente sapevano nuotare.

Il ragazzo seduto a prua aveva la testa piena di sogni e la certezza che quella bellissima giornata fosse un segno della benevolenza di Dio. Aveva diciannove anni e si chiamava Amal, che in arabo vuol dire speranza. Lo avevano sistemato sulla punta proprio per il suo nome e per quei cinque grani di pepe che stringeva nel pugno della mano destra, e che facevano di lui il personaggio più autorevole della spedizione. Gli erano stati donati infatti dal nonno, il grande Boubacar Dembélé, guaritore, saggio, poeta, narratore delle storie della settima via del pepe e custode dei segreti del *foggara*, l'arte di scavare i pozzi nel deserto.

Dopo giorni di tensione, freddo e sete, quell'umanità cenciosa, in crociera per un tozzo di pane e una parvenza di dignità, si rilassò. Sembrava che si fossero messi d'accordo per sospirare tutti insieme.

Quel vecchio legno, che aveva solcato il Mediterraneo in lungo e in largo, si confuse e pensando di essere già entrato in porto si lasciò travolgere

dalla stanchezza. E collassò. Chiodi e bulloni, a uno a uno, abbandonarono le tavole marce del fasciame. All'improvviso chiglia e scafo, murate e ponte, poppa e prua si dissolsero. Le persone scivolarono nell'acqua teneramente baciata dal sole.

I corpi colarono a picco a uno a uno come ancore. I più robusti cercavano di rimanere a galla, ma avevano i polmoni indeboliti dai gas respirati nelle discariche di spazzatura elettronica, dove avevano lavorato come bestie per procurarsi il denaro del viaggio. E così si aggrappavano inutilmente a pezzi di legno che si sbriciolavano tra le mani.

Solo Amal non venne inghiottito dal mare. L'acqua lo lambiva fino al petto ma più giù non andava.

Dall'alto fissava i suoi compagni di viaggio che sembrava danzassero sul fondo con le mani alzate verso l'aria, il cielo, la vita.

L'acqua lavava via dalle vesti e dai pori della pelle la sabbia del deserto, che si depositava ai loro piedi come un tappeto rosso.

Amal era disperato. Frugava in preda al panico, alla ricerca delle parole giuste per mettere insieme una preghiera.

«Non v'è altro Dio che Dio e Maometto è il suo profeta... Non v'è altro Dio che Dio e Maometto è il suo profeta...».

A un tratto, proprio di fronte a lui, l'acqua s'increspò leggermente, poi più decisamente fino a che emerse una grande testa di donna dalla quale si poteva intuire che anche il corpo fosse enorme. Solo che era fatta di acqua. Aveva la bocca, il naso, gli occhi, i capelli, ma era trasparente acqua di mare.

Amal la scambiò per un'enorme medusa o un'altra delle orribili creature che popolano gli abissi e cercò di fuggire, ma si fermò non appena sentì la sua voce. La creatura parlava. Con voce di femmina. E conosceva perfettamente la sua lingua.

«Dove credi di andare?» chiese in tono annoiato. «Ti ho tenuto in vita giusto per fare un po' di conversazione. C'è un tale mortorio lì sotto» aggiunse, ridendo della battuta.

«Chi sei?» chiese timidamente il ragazzo.

«La Morte. Non lo hai ancora capito?».

«Ma sei fatta di acqua».

«Ci credo. Sono la Morte degli annegati. Se fossi quella degli ustionati sarei un tizzone ardente, no?».

«Vuol dire che sono morto?».

«No. Se riesci a pizzicarti la punta del naso significa che sei vivo».

«E perché non sono morto insieme agli altri?».

«Tuo nonno. È lui che ti tiene a galla, con uno dei suoi trucchi più famosi: i grani di pepe. Fino a quando staranno nel tuo pugno, non annegherai. Il vecchio Boubacar Dembélé è un avversario di tutto rispetto, ma tu sei solo un ragazzino. È questione di tempo, le cinque fortune ti scivoleranno in mare. Io non ho fretta. Oggi non ho nessuna voglia di stare tutto il giorno ad ascoltare le lamentele dei nuovi annegati. I morti d'acqua sono di una tristezza infinita, sono inconsolabili. Vuoi mettere gli eroi defunti in battaglia, i martiri o i suicidi? Quelli non vedono l'ora di incontrarmi».

Amal si guardò intorno per scrutare il mare senza farsi notare, nella speranza di avvistare qualche soccorritore.

«Nessuno all'orizzonte che in qualche modo util ti possa essere» sbuffò la Morte credendo di far poesia. «Siamo soli, tu e io, in questo infinito mare. Potremmo però ingannare il tempo conversando».

«Da quando in qua la Morte ama chiacchierare?».

«Non sai proprio niente di me» sospirò la creatura. «Invece tuo nonno la sa lunga, ha chiamato a raccolta tutti i suonatori del villaggio e ora mi distrarrà riempiendomi le orecchie di musica e canzoni».

«E tu ti lascerai distrarre?».

«Certo. È un vecchio trucco che con me funziona sempre, non riesco a resistere alla bellezza perché io stessa sono di una bellezza infinita, assoluta. Non vuoi provare, ragazzo?».

Amal ebbe un capogiro e per un attimo fu tentato dalle parole dello strano essere.

«Non v'è altro Dio che Dio e Maometto è il suo profeta» bisbigliò. «Dio, perdona le mie parole, ma il caldo del deserto fa trasudare le pietre e quest'acqua che mi vuole uccidere è fresca, accogliente come l'ombra della palma.

«Sassi e sabbia e ghiaia, ghiaia e sabbia e sassi. Che luccicano, accecano. Ho camminato con il passo incerto della fame, della stanchezza e della paura, non con quello maestoso e fiero del carovaniere. Non vi è nessuna dignità in questo viaggio. Dio, ti chiedo di accogliermi dove io possa riposare degnamente».

Amal aprì la mano. Il palmo si riempì d'acqua e i grani di pepe iniziarono a rotolare via, ma la Morte stessa gli richiuse la mano con un gesto secco.

«Non negarmi il piacere della musica, ragazzo. A volte non bisogna prendermi troppo sul serio».

Nel frattempo, a migliaia di chilometri di distanza, il nonno si allontanò dai musicisti per parlare con la luna.

«Mi chiamo Boubacar Dembélé» si presentò, anche se si conoscevano da sempre, «e sento nel petto la vena che disseta e nutre l'uomo, l'animale e la pianta, che scorre segreta sotto l'arenaria. Scavo la sabbia e buco la pietra. Sono un foggara della settima via del pepe, quella che parte dall'Indonesia Orientale, tocca il Madagascar e le Comore e arriva sulle coste di madre Africa, raggiunge il lago Rodolfo e poi prosegue fino ai dintorni di Magì, incrocia una pista più antica e punta a nord del Giuba, attraversa le paludi di Sennar, raggiungendo infine la valle del Nilo. Lì si fermano le carovane, svanisce il rumore dei cammelli, tutto ha una fine e un nuovo inizio.

«Luna, tu mi conosci perché i foggara lavorano solo di notte per non far evaporare l'acqua e tu sei i nostri occhi, e le stelle il recinto dei nuovi pozzi, e sai che il tempo di mio nipote non è ancora arrivato.

«La legge della settima via del pepe afferma che un uomo può decidere dove vivere, mettere radici, crescere i figli, e niente e nessuno può impedirglielo. Tantomeno la Morte, se il viaggio serve a riparare un torto. E Amal di torti ne ha subiti molti.

«Il deserto avanza perché l'uomo bianco mangia ananas e banane ma non sa coltivare la terra, la fa morire, e i giovani se ne vanno.

«L'uomo bianco è così sventato che avvelena il cielo, e il sole e la pioggia sono diventati strani e i giovani se ne vanno. L'uomo bianco le sue guerre le combatte a casa nostra, e i giovani se ne vanno.

«L'uomo bianco spreca l'acqua ma fiuta pietre preziose e minerali nelle viscere della terra ed è capace di spianare le montagne pur di possederli, e i giovani se ne vanno.

«*Uomo bianco, fame nera*, dicevano gli antenati e ancora oggi portiamo sulla schiena le cicatrici delle fruste di pelle d'ippopotamo. E tu, Luna, sai che fu tutta colpa del pepe. L'uomo bianco impazzì dopo averlo assaggiato e decise di divorare il mondo, di tradire il fratello».

Nel bel mezzo del Mediterraneo la Morte scoppiò a ridere. «Tuo nonno ha ragione! Non vi è spezia che mi abbia dato tanto da fare come il pepe. Non sai quante storie potrei raccontarti. Potrei svelarti il mistero del grano di pepe trovato nella narice della mummia di un faraone, e spiegarti quanto le sparava grosse messer Marco Polo quando sosteneva di aver udito, da uno degli ufficiali delle dogane del Gran Khan, che la quantità giornaliera di pepe introdotta nella città di Zhejiang ammontava a 4.100 chilogrammi. L'unico che aveva capito come stavano veramente le cose era un tizio che chiamavano Plinio il vecchio, il quale si lamentava del costo esagerato di una spezia che ha come unica caratteristica la piccantezza…».

«Ma come, la Morte sa raccontare storie?» domandò Amal.

«Pensaci bene, ragazzo. Io stessa sono una storia. Mi si racconta in tutti i modi per scoprire, quando mi si incontra, che nessuno era quello giusto».

«Vuoi dire che oltre a te non c'è nulla? Che Dio non esiste? Che sono vittima di una menzogna?».

«Questo è un mistero che non ti posso svelare perché io mi limito a mozzare il respiro, quello che accade dopo non è affar mio» rispose la creatura afferrando ben stretto il polso di Amal e portandolo a spasso lungo le coste del Maghreb.

Il mare era mosso, il vento soffiava sempre più forte, ma le barche piene di profughi non rinunciavano al viaggio.

«Si annuncia un ricco bottino» constatò soddisfatta la Morte mentre facevano ritorno a Lampedusa.

«Anche loro annegheranno qui?» chiese Amal.

La Morte, con un largo gesto del braccio gocciolante, indicò il mare intorno. «Sono tutti qui sotto. È il destino di quest'isola, che un tempo, pensa, era solo un luogo di pace».

E come se fosse una vecchia nonna saggia e dotta, si mise a raccontare che ai tempi delle guerre tra cristiani e musulmani quella era considerata zona franca. Legni nemici trovavano riparo nelle cale durante le tempeste e nessuno metteva mano alle armi. I cannoni tacevano e vi era persino una grotta dedicata dai cristiani alla madonna e dai musulmani a un marabutto che vi era stato sepolto.

I simboli religiosi si mescolavano e tutti lasciavano, in segno di carità, un po' di cibo per i naufraghi e i pescatori sfortunati. Perfino gli schiavi fuggiaschi erano rispettati. Potevano fermarsi a riposare e a rifocillarsi fino a quando non recuperavano le forze necessarie per riprendere il cammino.

«Non so se cogli l'ironia della situazione» ridacchiò la Morte.

Amal annuì e si sentì stanco e sconfitto a tal punto che udì la propria voce chiedere pietà alla grande mietitrice. «Lasciami andare. Non ce la faccio più».

«Ma non hai visto quanto è terribile essere inghiottiti dal mare?» domandò la creatura per canzonarlo.

«Comincio a essere troppo triste per desiderare di continuare a vivere».

«Io ti lascerei anche andare» gli confidò la Morte. «Ma tuo nonno non smette di distrarmi con la musica. Prende tempo, vuol farmi trovare una scusa per non trascinarti in fondo al mare, ma credo che a breve riceverà una cattiva notizia che ti riguarda».

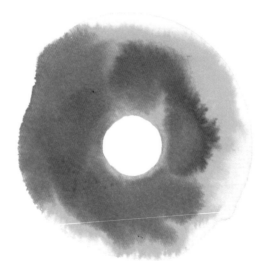

Infatti la Luna, così accoratamente chiamata in causa dal nonno di Amal, rispose che non poteva intervenire perché la legge della settima via del pepe, che affermava il diritto naturale di ogni donna e uomo a vivere dove desiderava, non aveva più valore. Il nipote doveva annegare e giacere per l'eternità sul fondo del mare di fronte a Lampedusa, insieme a migliaia di altri sfortunati. Questa era la nuova legge.

Boubacar Dembélé crollò in ginocchio. La Morte finse di intristirsi e una minuscola goccia d'acqua si staccò dal suo occhio, rigandole il volto.

Dal mare emerse allora la sua enorme mano che afferrò quella del ragazzo e con un movimento sinuoso come quello di una sirena si tuffò, trascinandolo verso il fondo. Amal cercò inutilmente di divincolarsi, ma la bocca gli si riempì d'acqua salata, che bruciava come fuoco in fondo alla gola. Sentì pulsare il sangue nelle tempie e il cuore battere all'impazzata. Poi tutto iniziò a rallentare e un velo calò sui suoi occhi. La Morte lo depose delicatamente sul tappeto di sabbia rossa del deserto, insieme agli annegati del peschereccio Firouz.

Amal si rese conto che la vita lo stava abbandonando quando iniziò a percepire i pensieri dei suoi compagni di viaggio. Avevano tanto sperato che lui si salvasse per raccontare la loro storia, e dare un senso a tutto quel cammino. Almeno uno su centoquarantadue, anzi centoquarantatré, perché adesso c'era anche il bambino nato a poppa prima che quella vecchia carretta affondasse. Almeno uno.

Amal aprì la mano e i cinque grani di pepe lentamente raggiunsero il fondo. Ma un attimo dopo la sabbia iniziò a girare su se stessa creando un mulinello che crebbe fino a raggiungere l'altezza di un uomo. Ne aveva addirittura le fattezze. Poi la sabbia scivolò via e Amal si ritrovò di fronte al nonno, sorridente e vigoroso come sempre.

Amal ringraziò Dio per avergli concesso di lasciare il mondo con quella straordinaria immagine impressa negli ultimissimi barlumi di vita.

Il vecchio invece lo afferrò per i fianchi e lo spinse verso l'alto come faceva quando era bambino lanciandolo in aria per gioco. Amal schizzò

verso il sole, verso l'aria, verso la vita. Mentre saliva guardò il nonno e vide che stava offrendo la mano alla Morte, che l'afferrò con delicatezza.

«Quale onore, Boubacar Dembélé» esclamò soddisfatta la creatura.

«L'onore è tutto mio» ribatté il vecchio, che della comare secca aveva avuto sempre un grande rispetto e aveva imparato a non temerla.

I pescatori di Lampedusa sono brava gente. Pescano pesci e profughi. Vivi o morti. Quella volta era vivo. Amal venne soccorso, lo rifocillarono, ma quando raccontò la sua storia lo credettero pazzo. Lo rinchiusero in luoghi dove vi erano sbarre alle finestre, e talvolta gli schizzavano addosso acqua benedetta per scacciare il diavolo che gli faceva pronunciare quelle bestemmie.

Poi arrivò un tizio che la sapeva lunga e spiegò a tutti che quella di Amal era una storia africana, figlia di una cultura antica e non evoluta, quindi non comprensibile, difficilmente interpretabile.

Così lo fecero salire su un aereo e lo rimandarono a casa, cioè in un punto qualsiasi di madre Africa, tanto era uguale. Tanto sono tutti uguali. I loro nomi non significano nulla, sono privi di storia, memoria, identità.

In quel braccio di mare capita spesso che quelle vecchie carrette vadano a fondo senza lasciare traccia, se non un puntino che sparisce dai monitor dei radar.

Ma un puntino non è nulla, è una traccia non significativa dell'esistenza di un'imbarcazione. È una rappresentazione virtuale della vita e della morte.

Un profugo in fondo al mare non esiste. Non è mai esistito. Non diventa nemmeno un dato statistico.

MA...

...nonostante tutto Amal Dembélé fu baciato dalla buona sorte. Dopo due anni di peregrinazioni incrociò la pista che portava al villaggio da cui era partito in cerca di fortuna.

Quando raccontò la sua storia nessuno ebbe il minimo dubbio sulla sua veridicità e il consiglio degli anziani decise che avrebbe preso il posto di nonno Boubacar nel praticare l'arte del foggara.

Ora attende il tramonto mangiando zuppa calda di patate e pane a qualche chilometro da Timimoun, a sud di Tademait e a nord di Ain Salah. Poi prende il piccone dal manico corto e inizia a camminare, cercando di fiutare l'acqua che scorre sotto lo strato di arenaria.

Un passo dietro l'altro nella sabbia che sta diventando tiepida e presto sarà fredda come la notte. È la tristezza il segreto per trovare la vena. Quando il cuore è così gonfio che solo il pianto può portare sollievo, il foggara si ferma e osserva dove cade la prima lacrima dell'occhio sinistro. Lì inizierà a scavare.

Questa sera c'è la Luna e il deserto sembra un'accecante distesa di neve. Fuochi avvertono il ragazzo della presenza di una carovana. Amal desidera inebriarsi di chiacchiere e tazze di tè per spezzare la solitudine che il suo ruolo gli impone e si avvicina a passo lento.

Amal sa che un foggara è sempre il benvenuto. A un certo punto gli chiederanno il suo nome e quello della sua famiglia, e quando udiranno quello del nonno chineranno il capo con rispetto. Tutti, lungo la settima via del pepe, conoscono la storia di Boubacar Dembélé, che scomparve nel nulla mentre stava parlando con la Luna.

Massimo Carlotto è nato a Padova nel 1956. Scoperto dalla scrittrice e critica Grazia Cherchi, ha esordito nel 1995 con il romanzo *Il fuggiasco*, pubblicato dalle Edizioni E/O. Per la stessa casa editrice ha scritto: *Arrivederci amore, ciao, La verità dell'Alligatore, Il mistero di Mangiabarche, Le irregolari, Nessuna cortesia all'uscita, Il corriere colombiano, Il maestro di nodi, Niente, più niente al mondo, L'oscura immensità della morte, Nordest* con Marco Videtta, *La terra della mia anima, Cristiani di Allah, Perdas de Fogu* con i Mama Sabot, *L'amore del bandito, Alla fine di un giorno noioso* e *Il mondo non mi deve nulla*.

Per Einaudi Stile Libero ha pubblicato *Mi fido di te*, scritto assieme a Francesco Abate, *Respiro corto, Cocaina* (con Gianrico Carofiglio e Giancarlo De Cataldo) e, con Marco Videtta, i quattro romanzi del ciclo Le Vendicatrici (*Ksenia, Eva, Sara* e *Luz*). I suoi libri sono tradotti in molte lingue e ha vinto numerosi premi sia in Italia che all'estero. Massimo Carlotto è anche autore teatrale, sceneggiatore e collabora con quotidiani, riviste e musicisti.

Alessandro Sanna è nato nel 1975. È considerato uno dei più importanti illustratori italiani contemporanei. Ha pubblicato più di 35 volumi e insegna all'Accademia di belle arti di Bologna. I suoi libri sono tradotti in tutto il mondo.

Finito di stampare il 24 ottobre 2014
presso Arti Grafiche La Moderna di Roma